내년에 사는 법

홍사성

강원도 강릉 출생.
2007년 《시와시학》으로 등단.
sshong4@hanmail.net

내년에 사는 법

────

초판 1쇄   2011년 6월 27일
초판 3쇄   2017년 10월 10일
지은이   홍사성
펴낸이   김영재
펴낸곳   책만드는집

────

주소   서울 마포구 양화로3길 99, 4층 (04022)
전화   3142-1585·6
팩스   336-8908
전자우편   chaekjip@naver.com
출판등록   1994년 1월 13일 제10-927호
ⓒ 홍사성, 2011

────

* 이 책의 전부 또는 일부 내용을 재사용하려면 사전에 저작권자와
  책만드는집의 동의를 받아야 합니다.
* 잘못 만들어진 책은 구입하신 서점에서 교환해드립니다.

────

ISBN 978-89-7944-364-6 (04810)
ISBN 978-89-7944-354-7 (세트)

홍사성 시집

책 만 드 는 집
시인선 004

내 년 에
사 는 法

책만드는집

목어 木魚

속창 다 빼고
빈 몸 허공에 내걸었다

원망 따위는 없다
지독한 목마름은 먼 나라 얘기

먼지 뒤집어써도 그만
바람에 흔들려도 알 바 아니다

바짝 마르면 마를수록
맑은 울음 울 뿐

－2011년 초여름
홍사성

2부

3부

4부

5부

1부

화신 花信

무금선원 뜰 앞 늙은 느티나무가
올해도 새순 피워 편지를 보내왔다
내용인즉 별것은 없고
세월 밖에서는
태어나 늙고 병들어 죽는 것이
말만 다를 뿐 같은 것이라는 말씀
그러니 가슴에 맺힌
결석結石 같은 것은 다 버리고
꽃도 보고 바람 소리도 들으며
쉬엄쉬엄 쉬면서 살아가란다

몸을 철학해보니

몸이 전부다

몸이 있어 숨 쉬고 몸이 있어 일하고 몸이 있어 사랑하는 거다 그래서 몸에 충성하는 거다 몸을 우습게 보지 마라 몸한테 잘 보이려고 옷 입고 몸 배고프지 말라고 밥 먹고 몸 쉬게 하려고 집 짓는 거다 그래서 악착같이 돈 벌려고 하는 거다

몸이 있으니 살아 있는 거다, 몸이 전부다

쓰레기장

아무도 쳐다보지 않는구나
비 오는데 덮어주지도 않는구나
버려도 주워 갈 사람 없구나

문짝 떨어진 냉장고, 허연 속살 드러난 가죽 소파,
펑크 난 자전거 타이어, 찌그러진 냄비,
허리 부러진 숟가락, 때 묻은 곰 인형……

저렇게 버려질 것을 차지하려고
그토록 아옹다옹했다니,
어느 날 숨 끊어지면
이 몸뚱이마저 쓰레기라는 걸 몰랐다니,

내년에 사는 법

불황으로 회사에서 목이 잘린 사내가 방구석에 처박혀 이리 뒹굴 저리 뒹굴 하다가 그것도 지겨워지자 책꽂이에서 『벽암록』이라는 어려운 책을 꺼내 보았는데 거기에 이런 얘기가 있었다나

옛날 마조 선사라는 분이 나이 들어 골골하는 신세가 됐는데 그 절 원주가 찾아와 "요즘 법체 청안하신지요"라고 문안하자 선사는 웃으면서 "일면불日面佛 월면불月面佛이야"라고 대답했다나

무슨 귀신 씻나락 까먹는 소리인지 알 수 없어 늙은 호박처럼 쭈그러진 암자 노스님에게 물어보았더니 스님은 무심한 듯 눈을 감고 "오늘 죽어도 좋고 내일까지 살면 더 좋고"라고 말해주었다나

그는 섣달그믐 밤 문밖으로 나서다가 찬바람 불어와 호롱불마저 꺼져버린 듯 되레 답답한 생각이 들어 하늘을 쳐다보

았는데 마침 그때 비로드보다 검은 밤하늘에 별들이 총총 새
로 돋아나고 있었다나

응석

부처님 나이쯤 되면
머리카락은 파뿌리처럼 하얗고
얼굴에는 검버섯이 잔뜩 피어야 할 텐데
해인사 부처님은 천 살이 넘었다면서
머리는 여전히 새까맣고
피부도 아직 팽팽한 그대로시다
매일 싱싱한 과일이며 꽃 공양 받으셔서 그런가
밤마다 염색하고 보톡스라도 맞으셨나
그런 좋은 방법 있으면 좀 가르쳐주시지
귀엣말로라도 슬쩍 일러주시지
그 비방을 이미 팔만대장경에 새겨놓으셨다고?
아이쿠, 그걸 언제 다 읽나!
평생 해인사에 살던 이름난 큰스님들도
다 못 읽고 입적했다는데……
그러지 마시고, 오늘 밤 꿈속으로 찾아뵈오면
물었던 사탕 빼 손자 입에 물려주듯이
자상하게 일러주시지

제발 좀 그렇게 해주시지

염치없지만 응석 부리듯
오체투지로 삼 배, 오체투지로 백팔 배

굿모닝

아침 신문에
히말라야를 등반하던 원정대가 실종됐다는
일 단짜리 기사가 실렸다

만약, 오늘 내가
멀리 남극이나 아마존의 밀림
또는 타클라마칸 사막 한복판으로 떠나게 된다면
갔다가 혹 돌아오지 못할 일 생긴다면
대문을 나설 때
무엇을 챙겨 가야 할까

저 무덤

사랑하던 것들 다 뿌리치고

미워하던 것들 다 잊어버리고

어느 바람 부는 날 혼자 가서

미리 누워 있는 네 모습

못난이 화엄 세상
– 화엄사 각황전

못난이는 누구든지
지리산 화엄사 각황전에 가볼 일이다
사람이든 짐승이든 새든 벌레든
꽃이든 나비든 흙이든 물이든
꼭 한번 가볼 일이다
가서 깨달을 일이다
중생이 어떻게 부처가 되는지
그 부처가 어떻게 화엄 세상 만드는지
뒤틀어진 몸으로 서 있는 기둥은 나무부처
돌계단에 드러누운 장대석은 돌부처
빛바랜 단청 속에는 나비부처
용마루에는 이끼 낀 기와부처
있는 그대로 보이는 그대로
부처, 부처, 부처
하찮은 중생도 여기서는 부처가 되나니
거지같이 살아온 인생도 황제가 되나니
누구나 별 볼 일 없이 걸어온 길 억울하거든

전라남도 구례 땅 화엄사 각황전에 가볼 일이다
가서 못난이 부처나 되어볼 일이다
부처 구경이라도 하고 올 일이다

송구영신送舊迎新

백담사 큰스님이 여름안거를 마친 수좌들에게 말했다
"여름 석 달 동안 보고 듣고 깨닫고 맛본 것 있으면 다 버리고 가시오"

여섯 달 후 겨울안거를 마친 수좌들에게 또 말했다
"겨울 석 달 동안 보고 듣고 깨닫고 맛본 것 있으면 다 가져가시오"

큰스님이 이랬다저랬다 하다니, 수좌들은 그 속내가 궁금했다
"별것 아니네, 버릴 것은 버리고, 챙길 것은 챙겨 가라는 뜻이네"

낙초지담落草之談*을 듣고도 수좌들은 머리가 개운하지 않았는데
겨우내 얼었던 얼음이 먼저 알아듣고 조금씩 몸을 풀기 시작했다

* 불법의 오묘한 뜻을 쉽게 풀어서 하는 선사의 설법.

개 같은 그대에게

한 수행자가 조주 선사에게 "개에게도 불성이 있느냐"라고 묻자
어느 날은 "있다有" 하고 어느 날은 "없다無" 했다고 한다.

있다고 해도
없네
없다고 해도
있네

없는 것 같지만
있네
있는 것 같지만
없네

개처럼 살아도
부처
부처처럼 살아도
개

눈 뜨고 보니 보이네
눈 감고 보니 더 잘 보이네

개 같은 그대
부처 같은 그대

나의 반야심경

햇살 노란 가을, 양평 용문사 앞 늙은 은행나무
온몸 흔들며 반야심경 외운다

봄볕에 새순 틔워 이파리는 마른 가지 속에 들었다고
갈바람으로 우수수 낙엽 지게 하고는 푸른 잎이 노란 잎과
다르지 않다고

한 뼘 노을에 정신 팔려 은행잎에 새긴 말씀 다 알아듣지
는 못했다
보고 싶고 듣고 싶고 맡고 싶고 먹고 싶고 만지고 싶고 알
고 싶은 게 너무 많은
빈 염불만 하는 떠돌이

물구나무서서 헛꿈 꾼 세월 참 길었다

그런데 요즘은 어쩐 일인지 천년 은행나무가 보이고 계곡
물소리까지 들린다

눈 뜨지 않아도 보이고 귀 대지 않아도 들린다

혹시 모르겠다, 이러다간 어느 날 갑자기 대나무 쪼개지듯
이목耳目이 열려
　내 몸으로 하는 설법 내가 듣게 될지

늪

불국사 조실 월산 스님이 천도薦度법문 하러 법상에 올
랐다

"여우는 살구씨 기름을 환장하게 좋아한대요 사냥꾼이 그
걸 알고 거기다 약을 타서 여우 길목에 내놓는데 의심 많고
영리한 놈이 처음에는 모른 척 그냥 지나가요 그러다가는 그
고소한 냄새를 못 이겨 한 번은 괜찮겠지 하고 돌아와 한 입
맛보고 가다가는 또 돌아와 한 입 맛보고 하다가 끝내 잡히
고 말아요"

여기까지 말한 스님은 살구씨 기름 냄새를 못 잊어 세
상에 나갔다 주검으로 돌아온 제자의 위패位牌를 바라보
며 소리쳤다 "네놈이 바로 제 꾀에 넘어간 여우 놈이야"
스님은 잠시 눈을 감고 산신령같이 하얗고 긴 눈썹을 꿈
틀꿈틀하더니 주장자를 들었다 꽝! 내려치며 대중에게 물
었다

"여기, 늪에 빠지지 않고 늪을 건너갈 사람 몇이나 있는
가!"

길

―고암 노사古庵老師*의 가르침

서울로 가는 길 천 갈래도 넘지만

길이 없다,

떠나지 않은 사람에게는

*1899~1988, 조계종 종정을 역임한 고승.

2부

방房

공술 한잔 얻어먹고 들어온 날이던가 그녀는 됫박만 한 방
에 토끼처럼 누워 자는 척하며 쳐다보지도 않았다 무슨 일이
냐며 옆구리 툭 건드렸더니 전세 올리겠다는 통보를 받았는
데 산수가 안 나온다고 마른 목소리로 말을 더듬었다 얼마냐
고 묻자 적금을 깨도 백만 원 만들기 어렵다고 했다 내 월급
이 십팔만 원쯤 하던 때였다

새집 마련하고 이사한 날 밤 아이들은 즈들 방 생겼다며
좋아하다 잠들고 그녀는 더 치울 것도 없는 방바닥만 자꾸
닦았다 정리는 내일 하자며 방 한가운데 이불을 폈더니 꼭
운동장에 누운 것처럼 허전하다며 쉬 잠들지 못했다 이부자
리를 벽 쪽으로 붙여주자 그제야 편한 숨소리가 들렸다 칠
년 만에 다리 뻗고 누운 잠자리였다

사소한, 뒤끝이 남는

군대에서 첫 휴가 나온 날이었다 친구들은 웃음을 잃어버리고 모두 나만 기다리고 있을 줄 알았다 그런데 세상은 나 없이도 잘 돌아가고 있었다

출장에서 닷새 만에 돌아온 날이었다 아이들이 들어와 떠드는 소리가 들렸다 곧 인사하러 오겠지 하고 기다렸는데 끝내 방문이 열리지 않았다

보험사에서는 축하 문자를 보내왔다 식구들은 저녁쯤에 모이려니 했는데 그날따라 혼자 라면을 끓여야 했다 귀빠진 지 쉰 몇 번째 되는 날이었다

눈을 뜨자 사방이 낯선 풍경이었다 벌판에 버려진 시체처럼 누워 있자니 세상은 나 혼자라는 생각이 들었다 수술 후 마취에서 깨어난 날이었다

넥타이를 풀고

벌써 몇 개월째,
그 잘난 넥타이를 매지 않고도 그럭저럭 살아가고 있다
자잘한 걱정 따위만 모른 척하면 아침마다
내 손으로 내 목 조이지 않아도
근엄을 위장하지 않아도 된다

목을 풀어 헤치고 산다는 게
처음 얼마 동안은, 마치 칼 맞아 목 떨어진 듯 허전했다
그러나 나는 이렇게 살아 있다
꽤 시간이 걸렸지만 드디어 안 보이던 세상이 보이기 시작
했다

엄숙해야만 인생이 아니다
넥타이 풀고, 느슨한 차림으로 나서는 아침이 더 행복
하다
목줄에 걸려 비굴하게 웃는 피에로가 되지 않는다면
조금 가난한, 약간은 부족한 이대로가 나는 좋다

황태

젊어서는 멀리 북양에 살았다
수심 깊은 넓은 바다가 놀이터였다
탄력 넘치는 몸매 춤보다 멋진 유영으로
뭇시선 한 몸에 받은 적도 있다
가장 좋았던 시절은
한배 가득 알 까서 새끼 기르던,
몸 고생 심했지만 마음만은 행복한 때였다
뭍으로 올라온 뒤로는
창자 다 빼고 얼음물 들락거리며
진부령 덕장 눈보라에 몸 맡겼다
바늘 끝 같은 추위
진저리 치며 견디는 사이
온몸은 미라처럼 꾸덕꾸덕해졌다
이제, 퀭한 눈으로 입 벌린 채
속 노랗게 말라가는
너—

그만하면,

어느 바닷가 선술집 술국이 되건 말건

백담사에서 도 닦던 선승이라 해도 손색없겠다

장마 전야

자정 넘긴 헐렁한 시간
구파발행 버스 노약자석은 텅 비어 있었다
네온사인이 빠르게 지나가자
빗줄기는 차창 밖으로 빗금을 그었다
승객 몇은 졸고
청춘 한 쌍은 바퀴벌레처럼 붙어 있었다
민망해서 돌린 눈길
광고 헤드라인이 화살처럼 꽂혀 왔다

"혈관 질환, 당신도 예외일 수 없습니다"

술 한잔 마신 덕에
천하가 돈짝만 해 보이던 기분이
찬물에 담근 거시기마냥 오그라들었다
내리자면 몇 정거장 더 남았는데
덥고 습한 공기는 막무가내로 달라붙었다
벌써 장마가 드는 것 같은데

지붕 방수를 안 한 것이 걱정이었다
나이 든 아내와 과년한 딸애가 생각났다

돌장승

비 오는 날 인사동에
친구 만나러 나갔다가 친구는 못 만나고
어느 골동품 가게 앞에서
내 나이쯤 먹어 보이는 돌장승을 만났다
아무래도 안면이 있는 것 같아
어디에서 무슨 일 하던 돌장승인지
지금 하는 일이 마음에 드는지 어떤지 궁금해
말을 붙여보려고 했지만
그는 별로 할 말이 없다는 듯
희미하게 웃기만 했다

집으로 들어가다가
낮에 본 그 돌장승을 다시 만났다
그는 전철 맞은편 창가에 앉아 나를 바라보며
희미한 웃음만 웃고 있었다
그제야 불현듯 생각이 났다
내가 사는 불광동 산꼭대기 번지에 있는

어떤 고관대작의 유택에서
날이면 날마다 고개 조아리고 서 있는
묘지기 하는 장승이었다
멀쩡한 허우대에 관모冠帽까지 쓴

음주 일기

어제도 열두 시가 넘어 들어왔다
술자리는 긴 잡담과 약간의 우울함이 교차했다
내 또래들은 벌써 어디론가 사라져 보이지 않고
잘난 후배들만 우쭐대고 있었다
누군가가 곧 책을 낸다고 해서
미리 박수 치고 축하해주었다
세상 끝으로 흘러가는
뒷물결에 밀려가는 장강의 앞물결이 보였다
집에 오자 목덜미에 잔주름이 부쩍 늘어난 아내가
사흘째 계속 마셨다며 혀를 찼다
양치만 하고 잠자리에 들었는데
조심 또 조심해야 한다며 위장이 자꾸 보챘다
자다가 일어나 물을 두 컵 마시고
잠깐 눈 붙였다 일어났더니 아침 여섯 시였다
오늘도 술 약속이 있는 날이다

그 사내

은평 뉴타운 재개발 지구
이사 간 빈집 앞을 지나다가
우지직, 사진 액자를 밟았다

안경 낀 사내는
깨진 얼굴로 누워
하늘만 쳐다보고 있었다

마누라와 자식들 챙기느라고
얼굴마저 팽개치고 떠난
어디서 많이 본 듯한 사내

누구더라?

슬픔의 무게

지상으로 떨어지는 것들에는
하늘이 감당하지 못할 무게가 있다
한 방울의 비
한 송이의 눈
한 장의 꽃잎
한 티끌의 재
한 올의 새털······
이 모든 가벼운 것들은
그 무게로 하여 지상으로 낙하한다

문밖으로 내쳐진 사람들에게는
대지가 감당하지 못할 무게가 있다
파양당한 고아
농성 중인 수배자
어려서부터 몸 팔아온 창녀
쌀가마에 불 지른 농사꾼
지하철역 노숙자······

이 모든 거리의 목숨들은

그 무게로 하여 세상을 침묵시킨다

한때일 뿐이다

한때,
그는 전부였다
나폴레옹이었다 양귀비였다 에바 페론이었다 정주영이
었다

그러나 지금은
흙이거나 물, 불이거나 바람
허공 또는 구름, 아니면 들풀이거나 돌멩이

혹 누구였다 한들
혼자 머리 숙이고 걸어가다
가끔 고개 들어 지나온 길 돌아보는 절룩거리는 짐승 아니
던가

한때가 아닌 것 있다면
거짓이지 않고 헛이름뿐이지 않다면
허름하게 살아온 한세상 억울할 뻔했겠지만

나는 번지점프를 하러 간다

하루하루 문밖으로 나서는 것은
비위 거슬려도 비위 맞추고
참을 수 없어도 참아야 하는
하소연할 곳 없는 절벽으로 내몰리는 일이다
뒤통수에 붙은 광배光背 같은
언제 실족할지 모를 불안
그 가위눌림에서 빠져나오려는 발버둥이다
소멸해갈 것에 대한 두려움에 후들거리며
엉거주춤 엉덩이 빼고 출렁다리 건너가기다
그러나 한 끼 밥이라도 얻으려면
이 졸렬한 비겁함을 폭발시켜버려야 하리니
뛰어내리자, 백척간두의 푸른 허공 속으로
눈 부릅뜨고 소리소리 지르며
뛰어내리자 으깨어져 버릴지라도
번지점프를 하자, 두려움 가득 안고

안개처럼 자욱하다

―설악산 霧山 스님

썩고 썩어서 더 썩을 게 없는
그래도 날마다 썩어가는 갯벌이 보인다
밤낮없이 검은 파도 흰 파도 몰려와
아우성치며 몸 비벼대면
슬쩍 옷섶 열어 속살 내주는 늙은 주모 같은

하늘땅 갈라지기 전부터
세상 싸돌아다닌 바람난 바람 소리가 들린다
볕 좋은 날 바위에 앉아 이나 잡으며
이겨도 지는 척 져도 이기는 척
맛없는 차 끓여놓고 빙긋 웃는 영감쟁이 같은

속은 진작 다 죽고 껍데기만 겨우 살아 있는
한 만 년쯤 된 고목나무 냄새가 난다
죽었는지 살았는지 궁금해 문 열어보면
빈방의 먼지처럼 혼자 앉아
오래된 슬픔 혹 끼치는 털 빠진 짐승 같은

그는, 알아도 아는 게 아니다

보아도 보는 게 아니다 들어도 듣는 게 아니다

알 수도 볼 수도 들을 수도 없어

돌아서면 더욱 자욱해지는

설악산 안개처럼 아득하다

자명시계

사람으로 치면 환갑 다 된
아침마다 콜해주는 자명시계가
죽을힘 다해 잠 깨운다

따르르르르르ㅇㅇㅇㅇㅇ웅

그 충성스런 비명 들으면
아무리 날 추워도, 몸 뻐근해도
일어나야 한다, 일어나지 않을 수 없다

자명시계처럼 울지 않으면, 웃지 않으면
언제 폐기처분될지 몰라, 잊혀질지 몰라

따르르르르르ㅇㅇㅇㅇㅇ웅

오늘도 죽을힘 다해
울어야 한다, 웃어야 한다

3부

처서 處暑

기승을 부리던 노염老炎도
한풀 꺾였다

여름내 날뛰던 모기는
턱이 빠졌다

흰 구름 끊어진 곳마다
높아진 푸른 산

먼 길 나그네
또 한 굽이 넘어간다

광어

나도 참 어지간했던 모양이다
온몸 발기발기 저미는 동안
비명 한 마디 못 지르고
접시 위에서 파르르 경련하며
내 살점 뜯어가는 사람들
눈 빤히 뜨고 쳐다봐야 하다니

너도 참 어지간할 것 같다
파들파들 살아 있는 게 맛있다며
통통한 것부터 골라 비늘 벗기고
쫄깃한 속살 발라 초고추장에 찍고
그것도 모자라 뼈까지 삶아
국물로 마시다니

이제야 알겠다
세상을 왜 고해라고 하는지
바다가 왜 아침저녁 핏빛으로 물드는지

낙처 落處*

폭설 소식에 놀라 시골집에 전화했더니
"고생하지 말고 올해는 오지 말거라"

포기하고 누워 뒹굴다가 다시 전화했더니
"사정이 그런데 어쩌겠느냐"

아무래도 찜찜해 아침 일찍 전화했더니
"너 없이도 명절 잘 지냈다, 괜찮다"

목구멍에 가시 걸린 듯해 뒤집어보니 '괜찮다'는
'그래도 내려올 줄 알았다'는 뜻

이 나이 되도록 말귀 하나 못 알아듣다니
멀다, 한참 멀다

돌咄!

* 선가禪家에서 쓰는 '말이 아니라 뜻'이라는 뜻의 말.

동창회

경수는 목욕탕 갔다가 창희는 미국 갔다가 문백이는 잠자
다가 태봉이는 출장길에서 종황이는 간암으로 소식이 끊겼
다고 했다 뒷이야기도 전해주었는데 경수 처는 재혼하고 창
희 딸은 시집갔고 문백이네는 이민 가고 태봉이 처자식은 보
험금 받아 잘살고 종황이네는 잘 모르겠다고 했다

내년에는 또 어떤 소식을 들을까 우리는
벌겋게 취한 채 서로의 얼굴들 드문드문 엇갈려 바라보
았다

국화차

국화차 마실 때마다 보약 먹는 기분이다

미안하다, 원조교제하는 것처럼

다 피지 못한 어린 꽃 모가지 똑 따

홀짝, 한입에 처넣다니!

나쁜 념*!

* 년＋놈.

두만강의 봄

겨우내
깡깡하던 강물도
때가 되면 스르르 풀리지 않더냐

언덕에서 언덕으로
물기 머금은 나뭇가지 며칠째
가만히 움트는 소리 내지 않더냐

저기 저 강비탈 밭 가는 사람들이
진달래꽃 무더기무더기처럼
살 비비고 살 살붙이라고

회령에서 온성까지, 훈춘에서 방천까지
두만강 삼백 리 굽이굽이 아지랑이
퍼뜨리지 않더냐

올봄,
기어코 오게 하지 않더냐

환승 정거장에서

갈아타야 했다
조금 지났어도 되돌아가야 했다
둘러 가도 되겠지
모로 가도 서울만 가면 되겠지
쉽게 생각한 게 잘못이었다
울퉁불퉁 꼬불탕꼬불탕
조는 사이 버스는 엉뚱한 길을 달렸다
왔던 길 다 허사였다
차에서 내리자 겨울비만 요란하게 쏟아졌다
누굴 탓할 수도 화낼 수도 없는 일
전에도 이런 일 많았다
돌고 돌아서 겨우 찾아간 옛집
낯익은 어둠이 먼저 도착해 있었다
갈아탈 때를 놓친 버스처럼
접붙일 때를 놓친 고욤나무
키가 한 뼘은 더 자라 있었다

대중목욕탕

잘난 척하던 저 친구
벌거벗겨 놓고 보니 별게 없다

허리둘레만 된장독 같지
힘은 제대로 못 쓸 것 같다

엉덩잇살은 축 늘어졌고
옆구리에는 큰 수술 자국이다

오늘처럼 꿀꿀한 날은
목욕탕에나 자주 와야겠다

고로쇠 물

꽃샘추위 맵찬 삼월 어느 날이었다

시인들 여럿 둘러앉은 자리에 지리산에서 올라온 고로쇠
물 한 병씩 나누어졌다 "이거 참 귀한 거야" 목숨에 대하여
고통에 대하여 깊은 슬픔을 노래하던 시인들은 달짝지근한
고로쇠 물을 쩝, 쩝, 맛있게 마셨다 마그네슘과 칼슘이 많다
는 고로쇠 물을 한 병씩 마셨으니 반백 년은 무병하게 살 것
으로 기대하는 눈치였다 겨우내 추위를 견뎌낸 고로쇠나무
가 입이 부르트도록 빨아올린 수액이니 그럴 만도 했다

몰디브 편지

지상의 낙원—
그런 곳은 없다, 없을 것이다

보고 있지 않은가
조개껍데기보다 하얗게
욕심 없이 살던 사람들의 겁먹은 얼굴을
듣고 있지 않은가
화석에 뼈만 남기고 사라진 공룡처럼
죄 없이 살아온 꽃들의 마지막 숨소리를

멀지 않았다
산이 무너지고 바다가 넘칠 날이
끝내 멈추지 않는다면
지금 줄이지 않는다면
빨리 돌아서지 않는다면
비명 한 번 지르지 못하고 사라질 날이

내일모레가 아니다
오늘 당장 침대 밑이 잠길 것이다
남태평양의 낙원 몰디브가 가라앉듯이
그대와 그대의 강아지와
그대들의 웃음소리가
소리 없이 가라앉을 것이다

믿지 마라
노아의 방주 따위는 없다

나비효과

나비
한 마리
빈 들판 가로질러
날아온다

소리 없이 잠 깨는
유채꽃 동백꽃 매화 산수유
벚꽃 배꽃 백목련 개나리 진달래 철쭉……

눈 깜짝할 사이
온 천지가 눈부신 꽃밭이다

나비 한 마리가
바꾸어놓은 세상

맨발로 서 있자니 발바닥이 간지럽다

설해목 雪害木

밤새 내린 눈
그 무게 견디지 못해
콰광
허리 부러졌다

휘어져 비굴하게 사느니
서서 죽겠다는
저
결기

키 큰 전나무
꺾인
꿈
서리보다 차갑다

2008 서울, 인터넷 키즈와 접속하다

맨날 열공하라는 왕재수 우리 담탱이처럼

제발 잼없는 썰 그만 푸세여

차라리 구닥다리 염불이나 듣는 게 낫지

잔소리 들으면 꼭지가 뺑 돌거든여

이런 사이트 함 들어가 보세여

들키지 않고 도둑질하기

확실하게 자살하기

폭탄 만드는 기술

시설 좋은 러브호텔 찾아가는 길

섹스 존나 잘하는 법

이딴 거 다 돈 안 받고 갈쳐주거든여

동영상도 짱 화끈해여

당근 재밌죠^^

나쁘긴 머가 나빠여

원조교제는 꼰대들이 다 하자나여

더 이상 삽질하고 다니지 마세여

니나 잘하셔ㅋㅋ

기분 나쁘세여?

쪽팔리거든 지구를 떠나세여

까구 있네~!@#$%^&*()&^%$#@

낙태

아침 메뉴는 아메리칸 브렉퍼스트였다

식탁 위에는 포크와 나이프, 따뜻하게 부푼 빵, 토마토 주
스, 에그 프라이가 놓여 있었다

그녀는 한낮에 뜬 해가 노란 보름달로 보인다고 했다

하루에 일어나는 사천백 건의 빈혈 현상 중 하나였다

나도 한때는 태아였다

4부

첫사랑과 순댓국과 뭉게구름

어쩌다, 한 번 보고 싶더라도
첫사랑 애인은 만나지 말자
어느덧 절정의 때는 지나 열정도 시들어
쉽게 희로애락에 흔들리지 않을 나이라지만
문득 첫사랑 애인을 만나면
누군들 지나간 날의 쓸쓸함에 대해 절망하지 않으랴
날마다 새롭게 나팔꽃처럼 벙글던 그녀가
순댓국집 아줌마가 되어 있을 때
혹은 어느 잘나가는 사내의 아내로 살아갈지라도
이제 만나본들 무슨 말을 할 것이며
어떤 약속을 할 수 있을 것인가
그러니 조금은 그립고, 아직 다 못 한 말 있더라도
첫사랑 애인은 만나지 말자
잊지는 차마 못하겠거든
뭉게구름인 양 먼 산에 걸어놓고
그냥, 웃고 살자

해수관음에게

당신 보면 하고 싶은 말 오직 한마디

오래도록 안고 싶다
찬 돌에 온기 돌 때까지

그녀의 별

백일기도 끝 날이면 돌아와
부처님 손바닥 위에 올라앉아
막 피어나는 연꽃처럼 웃고 있을 줄 알았다

꿈이었다
모든 기도는
큰스님 말씀도 믿을 게 못 되었다

마음 가누지 못하고 법당 문 나서는데
밤하늘의 별이 와락 쏟아지더니
눈부시게 쏟아지더니
알알이 눈물 속에 박히는 것이었다

이 세상 사라진다 해도
마지막까지 푸르게 빛나고 있을
그녀의 별, 퀘이사*였다

* 지구에서 가장 멀리, 200억 광년 너머에 있는 별의 이름.

헛마중

목을 빼고 기다려도 안 오네

달이 뜬 지 한참 됐는데도 안 오네

아무래도 오늘은 오지 않을 것 같네

기다리다 애가 다 타는 줄 모르는 모양이네

이제 그만 고개 숙인 채 고갯길 내려가네

혼자 쓸쓸하게 빈집으로 돌아가네

미련이 남아 자꾸 뒤돌아보네

어깨 너머로 달님이 따라오네

혜화동 전철역

우르르, 전동차가 들어오자
지하철 역사는 갑자기 온몸을 움칠거렸다
난감해하는 야구모자 앞에서
미처 할 말 다 못 한 그녀가
왈칵, 얼굴을 감싸며 울음을 터뜨렸다
울음은 저 아래 발밑에서부터 올라와
작은 어깨를 흔들다가
긴 머리채를 출렁이다가
자정을 넘긴 혜화동 전철역을 가득 채웠다
아직 어제의 시간에서 서성이는 사람들은
왜 그녀가 우는지 몰랐다
무심한 전동차는 먼 천둥소리를 내며
야구모자와 함께 떠나갔다
한참을 더 울먹거리던 그녀는
슬픔을 가로질러 막차가 들어오자
잠시 뒤, 보이지 않았다

한 편의 흑백영화를 본 겨울밤이었다

한로 寒露

단풍 들면 뭣하나
그대 내 곁에 없는데

저녁 둑길 혼자 걸으며
갈대 꺾어 바람에 날린다

편지 읽거든 곧장 돌아와
푸른 하늘 같이 보자고

물소리

억수비 퍼붓는 새벽
불어난 물소리에 잠 깨
창문 열다

설악산 골짜기 골짜기에서 쏟아진
미친 물줄기 내닫는 그곳
강도 바다도 아닌

범람한 내 그리움 광속으로 달려가
마침내 닿고 싶은
먼 섬

그대, 이 물소리 듣고 있는가

상강霜降 무렵

개울물 밤새 숨죽여 흐른 걸 보면
무슨 일 분명히 있었던 거다

갈대가 온몸 서럽게 적신 걸 보면
울음이 목까지 차올랐던 거다

기러기 끼룩끼룩 날아가는 걸 보면
더는 기다릴 시간 없었던 거다

서리 내릴 때마다 국화 향기 깊은 건
그때 놓고 간 마음 때문인 거다

사랑은 없다

염치없다 정말
산이 무너지고 강물 바싹 마를 것 같더니

뻔뻔하다 아무 일 없다는 듯
처음처럼 시치미 떼고 다시 웃다니

거짓말이다 사랑은
꿀샘만 보면 날아가는 똥벌

그 가련한 헛꿈, 사랑은 없다

바람의 말씀

누워 있으면 눈만 말똥할 거예요
사람에 허기진 사랑은
석 되 밥을 먹어도 배고프지요

세월 미리 앞서 가야 소용없어요
봄을 기다리는 마음은
모닥불 지필수록 더 추워져요

참으려 할수록 더 힘들지요
상처 난 소나무처럼
꾸역꾸역 송진이 나오거든요

혼자만 아프다고 생각 마세요
이 세상 살아가는 목숨치고
슬픔 없는 짐승 아무도 없어요

그보다 더한 일들 수없이 많아요

끝내 못 놓을 것 같지만

한 생각 바꾸면 별것 아니지요

달맞이꽃

자정 가까운 한밤중
지나가는 바람 소리에 잠 깨
무작정 들길로 나선다
사방이 고요하고 별이 총총한데
너는 어느 별에서도 반짝이지 않는다
나는 혼자
저 많은 별 중에서 목이 꺾어지도록 그리운
너를 찾아 걷다가
풀 죽은 수캐처럼 꼬리 내리고 돌아와
달빛 비껴든 빈방에 눕는다
잠들기 전 혹시나 해서
한 번 더 문 열고 내다보지만
멀리서 밤개 짖는 소리 어지러울 뿐
아무도 없다, 오늘 밤은
달맞이꽃 가득 핀 들판에 누운 듯
꿈, 노랗다

폭설

눈이 내려,
며칠째 펑펑 내려
산과 들 무릎까지 쌓였다

길이 막혀,
사방이 하얗게 막혀
너에게로 갈 수 없다

그곳까지는
얼마나 될까, 마음 전하려면
어떻게 해야 할까

노루 토끼 발 묶인 산속
겨울밤
나뭇가지들 부러지는 소리 요란한데

절벽
－의상대에서

파도처럼 뒤척이다
충혈된 눈으로 맞은 새벽

당신은 끝내 오지 않고
나는 절벽에 섰다

온몸 던져 뛰어들어야
한 송이 연꽃 피어나려나

가슴 가득 고였던
먹피 받아내는 붉은 바다

5부

형수의 밥상

빈소 향냄새에 그 냄새 묻어 있었다

첫 휴가 나왔을 때, 감자 한 말 이고 뙤약볕 황톳길 걸어 장에 갔다 와 차려낸 고등어조림 시오리 길 다녀오느라 겨드랑이로 흘린 땀 냄새 밴 듯 콤콤했다 엄마 젖 그리워 패악 치며 울 적마다 가슴 열어 땀내 묻은 빈 젖 물려주던 맛과 똑같았다 그 일 둘만 안다는 듯 영정 속 그녀는 오랜만에 찾아온 시동생 일부러 무표정하게 맞았다 어머니뻘 형수가 차린 오늘 저녁 밥상 고등어조림 대신 국밥이다

한 수저 뜨는데 뚝, 눈물 한 방울 떨어졌다

종소리, 그 긴 먹먹함

두타산 삼화사 뒷방에 앉아
느릿느릿 우는 저녁 종소리 듣는다, 눈 감고
듣고 또 듣는다
산후병 조섭하러 절에 들어가셨다
막내 보고 싶어 외숙모 붙잡고 울던
어머니 떨리는 어깨 같은
그 긴 종소리

겨우내 기다렸다 막 고개 내민
고사리, 곰취, 진달래 몽우리와 절벽에 숨어
말없이 늙어가는 토끼, 산양, 고라니와
먼 산 바라며 마지막으로 듣던
그 오래된 종소리
오늘 듣는다

바람 지나는 소리만 들려도 문 열고 내다보던
아슴한 어머니

건드리기만 하면 어느새 살아나
온 산천 헤매다 돌아와 가슴 울리고 사라지는
먹먹한, 그 종소리

빈 항아리

시골집 장독간 한켠
별로 아름다울 것 없는, 무늬 없는
속 빈 간장 항아리

누구 하나 쳐다보지 않아도
말 한마디 붙이지 않아도
겨울 가면 가는 대로 봄 가면 가는 대로

된장 항아리, 고추장 항아리 틈에 끼어
울 너머 노란 개나리
무연히 바라본다

가랑잎 따라 떠나 돌아오지 않는
그 사람 기다리다
속은 삭고 껍데기만 남은
쓸쓸함마저 비워버린 이모처럼

잔소리

점심 메뉴는 육개장
국물을 뜨다 후두두둑 놀랐다
밤잠 설친 탓인지 입안이 헐었다

생홀아비 신세는 언제쯤 면하게 될까
이런저런 엉뚱한 생각 하다가
바지에 깍두기 국물 떨어뜨렸다

사람이 왜 야무지지 못하냐고
그래서야 마음 놓고 죽을 순들 있겠냐며
또 혀 차고 퉁박 주면 뭐라 해야 하나

내 삶 곳곳에 침 발라놓고
세월 갈수록 진하게 배어 나오는
옻칠한 소반 달그락거리는 소리 같은
지겨운 잔소리

겨우 나흘 지났는데 벌써 그립다

웃는 봄

춘분 지나간 앞뜰에 사흘간 햇볕이 쏟아졌다

소녀 젖꼭지 같던 홍매가 참지 못하고 꽃망울 터뜨렸다

꽃봉오리 속에 숨어 있던 봄님이 놀라서 걸어 나왔다

땅속에서 지렁이가 꿈틀대고 멧새는 하늘로 날아올랐다

문 열고 내다보던 그녀가 오랜만에 화사하게 웃었다

애비

밤 열두 시 십오 분

화장실 물 내리는 소리가 들린다

큰애까지 들어온 모양

"그만 자거라, 내일 출근해야지"

아내 성화에 작은애가 TV를 끈다

나도 불을 끈다

어머니

누굴까?

흔드는 기척에
잠 깨어 둘러보아도

없다

창문 열고 밝아오는 새벽
희부윰한 하늘

아, 저기!

눈길마저 아물거리는 곳에
반짝이는
별
하나

나, 여기 있다고

밤새

널 보고 있었다고

병후 病後

혼자가 아니었다

꽃이었다 바람이었다
달빛이었다 흰 눈이었다

눈물도 사랑이었다
미움도 사랑이었다

나를 살펴준 눈길은
나를 길러준 손길은
길가에 구르는 돌멩이
그 곁에 핀 이름 없는 풀꽃
똥 묻은 마른 막대기까지였다

혼자 잘나서가 아니었다

어떤 웃음

왜무보다 종아리 미끈한 처녀가
종달새처럼 종달댑니다

얼굴 불콰한 아버지는
허리를 반으로 꺾으며 웃습니다

목젖까지 들여다보이는 웃음이
세상 다 얻은 듯합니다

큰애 취직하고 작은애 대학 갔을 때
저렇게 웃은 적 있습니다

꾸물거리다

어둠 덜 가신 새벽

뽕잎 같은 이불 속

아직 뽑아낼 실 남았다는 듯

꾸물꾸물 꾸물거리는

넉잠 잔 누에

한 마리

오늘도 아침밥 지으려

힘든 몸

일으키다 멈추다

꾸물꾸물 꾸물거리는

눈물겨운

당신

봄날

불광동 언덕배기 한림교회 앞마당 열다섯 살짜리 자목련
이 꽃망울 터뜨렸다 꽃보다 더 꽃이었을 옆집 할머니 나무
밑에 옮겨 앉아 넋 놓고 꽃구경한다 예술대학 사진과 다니는
손녀가 작품이라며 찰칵찰칵 셔터를 눌러댄다

발열 내의

발열 내의라고 아시는지
입기만 하면 마찰로 열 낸다는
겨울 추위 견뎌야 하는 사람에게 딱 좋은

사람도 그런 사람 있지
바라만 봐도 든든하고 손이라도 잡으면
감전된 듯 훈훈해지는

있는 듯 없는 듯해 돌아보면
어느새 세상 잔소리란 잔소리 다 긁어모아
찬 아궁이에 불 지피는

따뜻한 내의 같은 사람 하나쯤 없을까만
곁에 있어도 끝내 몰라보는
바보 중에도 눈치 없는 상바보

누구긴!

낙화

꽃잎
흩날린다
허공에 뿌려진
눈물

화려한 봄날도
사랑하기엔
너무
짧다

역리의 깨달음, 사랑과 그리움의 힘

― 홍사성론

유성호 **문학평론가 · 한양대 교수**

1

시인들이 펴내는 첫 시집은, 자신이 겪어온 직접 내력을 충실하게 담아내는, 이른바 '성장 서사'의 속성을 띠는 경우가 많다. 그 점에서 대개의 첫 시집은 내밀한 서정이 자전적 서사narrative를 아늑하게 감싸고 있는 일종의 서정적 '서사 시집'이다. 하지만 비교적 느지막이 시단에 나온 이들의 경우에는, 성장통痛에 대한 충실한 재현보다는 구체적 경험들로부터 비롯된 인생론적 깨달음이나 자신의 삶에 대한 깊은 반성적 사유를 드러내는 쪽이 더 많다. 말하자면 그들의 첫 시집은, 자신의 성장을 가능케 했던 시공간과 사람들에 대한 일정

한 사랑과 그리움을 진하게 담아내면서, 동시에 어떤 깨달음을 통해 인간적 완성형을 갈망하는 태도를 드러내게 된다.

우리가 읽게 될 홍사성 시인의 첫 시집 『내년에 사는 법』은, 시단의 한 늦깎이가 깊은 인생론적 깨달음과 사랑하는 이들에 대한 가없는 그리움을 노래한 반성적 사유의 기록이라 할 수 있을 것이다. 아닌 게 아니라 시인은 자신이 살아온 '시간' 자체에 대해 깊이 사유하기도 하고, '자연'과 '가족'과 '이웃'을 통해 다다른 생의 구체적 덕목이나 궁극적 이치에 대해 주목하기도 한다. 이러한 사유와 주목의 후경後景에는 그 특유의 깊은 불교적 시선과 태도가 지속적으로 관류하고 있는데, 그만큼 홍사성 시인은 불교적 자장 안에서 생을 관조하며 삶의 깊디깊은 이법理法을 성찰하는 품과 격을 일관되게 보여주고 있다. 시집 첫머리에 나오는 다음의 산뜻한 소품小品은 그러한 품과 격을 집약적으로 보여주는 정갈한 사례일 것이다.

무금선원 뜰 앞 늙은 느티나무가
올해도 새순 피워 편지를 보내왔다
내용인즉 별것은 없고
세월 밖에서는
태어나 늙고 병들어 죽는 것이

말만 다를 뿐 같은 것이라는 말씀

그러니 가슴에 맺힌

결석結石 같은 것은 다 버리고

꽃도 보고 바람 소리도 들으며

쉬엄쉬엄 쉬면서 살아가란다

　　－「화신花信」 전문

　선원 뜰 앞의 늙은 느티나무가 보내온 봄꽃 소식은, 화자의
시선에 의해 "태어나 늙고 병들어 죽는 것이/말만 다를 뿐 같
은 것이라는 말씀"으로 새롭게 은유된다. 서서히 숨을 마감
해가는 '늙은 느티나무'는, 올해도 어김없이 '새순'을 피우면
서 마치 웅숭깊은 지혜를 함축한 노스님처럼 생로병사의 진
리에 대해 침묵의 언어를 건넨다. 물론 화자는 별것 없는 내
용이라고 너스레를 떨지만, 그다음에 "가슴에 맺힌/결석結石
같은 것"을 버리고 자연 사물의 소리에 귀 기울이며 "쉬엄쉬
엄 쉬면서 살아"가라는 권면이 이어지면서, 그 내용은 어느
새 삶의 근원적 깨달음으로 몸을 바꾼다.
　잘 살펴보면, 이 시편에는 중요한 이항 대립이 여럿 숨어
있다. '늙은 느티나무'의 소멸 지향과 '새순'의 생성 지향이
그러하고, 그 밖에도 '다름/같음', '맺힘/버림' 그리고 궁극적
으로는 '花信 / 結石'이 그 대립의 목록을 이어간다. 하지만

화자는 이러한 대척점에 놓인 사물과 관념들을 '말씀/침묵'으로 들려줌으로써 그것들을 대립시켰던 분별지를 지워나간다. 이러한 통합적 깨달음은 "사랑하던 것들 다 뿌리치고 //미워하던 것들 다 잊어버리고 //어느 바람 부는 날 혼자 가서 //미리 누워 있는 내 모습"(「저 무덤」)을 투시하는 혜안이나, "있는 그대로 보이는 그대로 / 부처, 부처, 부처 / 하찮은 중생도 여기서는 부처가 되나니 / 거지같이 살아온 인생도 황제가 되나니"(「못난이 화엄 세상 – 화엄사 각황전」)라는 전언에도 깊이 함축되어 있다. 말하자면 '사랑/미움', '무덤/삶', '부처/중생', '거지/황제'의 대립 사이에 그어져 있던 분할선이 지워져 나가는 것이다.

햇살 노란 가을, 양평 용문사 앞 늙은 은행나무
온몸 흔들며 반야심경 외운다

봄볕에 새순 틔워 이파리는 마른 가지 속에 들었다고
갈바람으로 우수수 낙엽 지게 하고는 푸른 잎이 노란 잎과 다르지 않다고

한 뼘 노을에 정신 팔려 은행잎에 새긴 말씀 다 알아듣지는 못했다

보고 싶고 듣고 싶고 맡고 싶고 먹고 싶고 만지고 싶고
알고 싶은 게 너무 많은
　　빈 염불만 하는 떠돌이

　　물구나무서서 헛꿈 꾼 세월 참 길었다

　　그런데 요즘은 어쩐 일인지 천년 은행나무가 보이고 계
곡 물소리까지 들린다
　　눈 뜨지 않아도 보이고 귀 대지 않아도 들린다

　　혹시 모르겠다, 이러다간 어느 날 갑자기 대나무 쪼개지
듯 이목ㅋ目이 열려
　　내 몸으로 하는 설법 내가 듣게 될지
　　　　─「나의 반야심경」 전문

　이 시편에도 '늙은 은행나무'가 등장한다. 화자의 시선에
그 '고목나무'는 눈부신 가을날 온몸을 흔들며 반야심경을
외고 있는 것처럼 보인다. '봄볕/새순'의 생성 에너지가 역시
'갈바람 / 낙엽'의 소멸 지향과 만나고 있고, '푸른 잎 / 노란
잎'이 결코 다르지 않다고 말씀하는 듯한 '늙은 은행나무' 역
시 노스님의 자태를 고스란히 닮았다. 하지만 화자는 그 말씀

을 다 알아듣지 못하고, 자신은 그저 욕망만 앞선 채 "빈 염불만 하는 떠돌이"로 살아왔음을 고백한다. 여기서 '반야심경/빈 염불'과 '고목나무/떠돌이'의 대립쌍이 다시 한 번 출현하지만, 화자는 자신이 보고, 듣고, 맡고, 먹고, 만지고, 알고 싶어 했던 것들이 "물구나무서서 헛꿈 꾼 세월"을 통과하여 자신의 몸 안으로 들어와 버린 것을 느낌으로써 그 대립을 해체하고 재구성한다. 그래서 이제는 "천년 은행나무"도 보이고 "계곡 물소리"도 들리고, 눈 뜨지 않고 귀 기울이지 않아도 사물들의 모습과 소리가 보이고 들리는 경지에까지 가닿은 자신을 발견한다. 스스로 떠돌이의 세월을 갈무리하고 늙은 은행나무의 든든한 착근으로 나아간 것이다. 이러한 깨달음은 "대나무 쪼개지듯 이목耳目"이 열리는 순간을 상상하게 하고, 궁극적으로 "내 몸으로 하는 설법 내가 듣게" 되는 경지까지를 꿈꾸게 한다. 그 설법을 가득 채우고 있는 것이, 다름 아닌 '나의 반야심경'일 것이다. 이렇게 자연 사물을 통해 자신을 추스르고 일정한 역리적逆理的 깨달음에 이르는 태도는 "겨우내 얼었던 얼음이 먼저 알아듣고 조금씩 몸을 풀기 시작"(「송구영신送舊迎新」)하는 지혜를 가져오기도 하고, "있다고 해도/없네/없다고 해도/있네"(「개 같은 그대에게」) 같은 역설의 진언을 가능하게 하기도 한다.

불황으로 회사에서 목이 잘린 사내가 방구석에 처박혀 이리 뒹굴 저리 뒹굴 하다가 그것도 지겨워지자 책꽂이에서 『벽암록』이라는 어려운 책을 꺼내 보았는데 거기에 이런 얘기가 있었다나

옛날 마조 선사라는 분이 나이 들어 골골하는 신세가 됐는데 그 절 원주가 찾아와 "요즘 법체 청안하신지요"라고 문안하자 선사는 웃으면서 "일면불日面佛 월면불月面佛이야"라고 대답했다나

무슨 귀신 씻나락 까먹는 소리인지 알 수 없어 늙은 호박처럼 쭈그러진 암자 노스님에게 물어보았더니 스님은 무심한 듯 눈을 감고 "오늘 죽어도 좋고 내일까지 살면 더 좋고"라고 말해주었다나

그는 섣달그믐 밤 문밖으로 나서다가 찬바람 불어와 호롱불마저 꺼져버린 듯 되레 답답한 생각이 들어 하늘을 쳐다보았는데 마침 그때 비로드보다 검은 밤하늘에 별들이 총총 새로 돋아나고 있었다나
　　－「내년에 사는 법」 전문

시집 표제작인 이 시편은 조금 더 삶의 구체적 현실로 직핍해 들어온 작품이다. 시의 상황을 이끌어온 이는 "불황으로 회사에서 목이 잘린 사내"다. 현실적으로 보아 경제적 난경難境에 처한 그가 우연히 마주친 "『벽암록』이라는 어려운 책"은, 그에게 현실적 해법을 주기보다는 한 일화를 통해 삶의 역리逆理를 들려준다. 화자는 그 책에 담긴 지혜가 어려운 상황에 처한 사내에게 어떤 근원적 전언을 들려줄 것이라고 생각한 듯하다. 그 지혜의 실질은 시에 적힌 그대로다.

여기서도 주인공은 '나이 들어 골골하는 마조 선사'와 원주가 선사의 말씀 뜻을 물어본 '늙은 호박처럼 쭈그러진 암자 노스님'이다. 앞 시편들에서 나온 '늙은 느티나무'나 '늙은 은행나무'를 고스란히 투사한 노경老境의 존재자들이다. 서서히 시의 중심은 선사가 흘린 "일면불日面佛 월면불月面佛"이나 노스님이 토를 단 "오늘 죽어도 좋고 내일까지 살면 더 좋고"라는 말로 옮겨 간다. 이 말들의 구체적 형상처럼 "섣달그믐"의 밤하늘에 "별들이 총총 새로 돋아나고" 있는 장면은, 원주로 하여금 "회사에서 목이 잘린 사내"로 몸을 바꾸게 하면서, 순간적으로 작년 올해뿐 아니라 '내년에 사는 법'을 어김없이 시사해준다. 물론 이 시편에도 '늙은 스님/새로 돋는 별'이라든지, '오늘/내일', '죽음/삶'의 대립을 통한 더 높은 차원으로의 통합적 역리가 아름답게 펼쳐져 있다. 이처럼 그의 시편에서 '삶'과 '죽음'으로 대별되는 것들은 각각 개별적인 존재[不一]이지만, 궁극적으로 동일한 존재[不二]라는 역설을 한결같이 성립시키게 된다.

나아가 시인은 "서울로 가는 길 천 갈래도 넘지만/길이 없다, / 떠나지 않은 사람에게는"(「길-고암 노사古庵 老師의 가르침」)에서처럼 '떠남'을 통한 '길'의 발견이라든지 "몸이 있으니 살아 있는 거다, 몸이 전부다"(「몸을 철학해보니」), "어느 날 숨 끊어지면/이 몸뚱이마저 쓰레기라는 걸 몰랐다"(「쓰레기장」) 같은 '몸'에 대한 지극한 긍정의 지혜에 도달한다. 이렇게 그의 시편 가장 중요한 기저基底에는 불교적 사유를 통한 생의 근원적 깨달음이 농울친다. '이언설상離言說相'이라고 했거니와, 그의 시편은 말과 대상의 불일치를 전제하면서, 이렇게 침묵의 역리를 통해 가닿는 깨달음의 세계를 보여주는 것이다. 그 깨달음의 심연이 아득하고 깊다.

2

이번 시집에서 홍사성 시의 권역은 차츰 그 외연을 넓혀 우리 삶의 고단함이랄까, 그 안에 새록새록 돋아나는 따뜻함이랄까, 처연함이랄까 하는 생활적 세목을 노래하는 데로 성큼 성큼 나아간다. 그의 시편들이 불교적 자장 안에만 갇히지 않고, 구체적이고 개별적인 삶의 목소리를 갖춘 실재임을 알려주는 실례라 할 것이다. 다음 시편에서는 그의 눅눅하고도 따듯하고도 아름다운 '방' 한 칸이 구체적으로 담겨 있다.

공술 한잔 얻어먹고 들어온 날이던가 그녀는 됫박만 한 방에 토끼처럼 누워 자는 척하며 쳐다보지도 않았다 무슨 일이냐며 옆구리 툭 건드렸더니 전세 올리겠다는 통보를 받았는데 산수가 안 나온다고 마른 목소리로 말을 더듬었다 얼마냐고 묻자 적금을 깨도 백만 원 만들기 어렵다고 했다 내 월급이 십팔만 원쯤 하던 때였다

새집 마련하고 이사한 날 밤 아이들은 즈들 방 생겼다며 좋아하다 잠들고 그녀는 더 치울 것도 없는 방바닥만 자꾸 닦았다 정리는 내일 하자며 방 한가운데 이불을 폈더니 꼭 운동장에 누운 것처럼 허전하다며 쉬 잠들지 못했다 이부자리를 벽 쪽으로 붙여주자 그제야 편한 숨소리가 들렸다 칠 년 만에 다리 뻗고 누운 잠자리였다

   ─「방房」전문

'아내'와 '아이들'은 홍사성 시편의 현저한 주요 캐릭터다. 그만큼 그에게 '가족'이란 시가 쓰이는 동안 지속적으로 애

환을 함께해 온 시적 공동체가 아닐 수 없다. 이 시편의 허두에는 '아내'와의 심상찮은 갈등이 전경前景으로 깔린다. 술한잔 얻어먹고 들어온 날 "됫박만 한 방"에 토끼처럼 누워 남편을 쳐다보지도 않는 아내, 그 아내가 "마른 목소리"로 전세 올리겠다는 통보를 받은 이야기를 쓸쓸하게 건넨다. 계산이 안 선다며 "적금을 깨도 백만 원 만들기 어렵다"는 말을 하는 아내의 모습은, 어느새 지난날의 화자를 남루하고 왜소하고 아득하게 구성해낸다. 그 오래전 기억이 아내의 '마른 목소리'를 따라 선연하게 펼쳐진다. 그런데 그 순간을 뒤로하며 새로 옮겨 간 '새집' 이야기가 다음 연을 이룬다. 이사를 마치고 아이들은 자기들 '방'이 생겨 좋아하고, 아내는 더 치울 것도 없는 '방'을 자꾸 훔치면서 방이 넓어 '운동장'처럼 허전하다고 한다. 잠을 청하지 못하는 아내의 이부자리를 벽 쪽으로 붙여주자 아내는 편한 숨소리로 잠든다. 오랜만에 "다리 뻗고 누운 잠자리"였다.

이 시편의 1연과 2연 사이에는 건널 수 없는 심연이 가로 놓여 있다. 1연에서는 '공술 – 전세금 – 적금 – 월급'의 경제학이 순간순간의 마디를 이루다가, 2연에서는 '새로운 집(방)'의 존재론이 펼쳐진다. 그것도 됫박만 한 '방'에서 운동장 같은 '방'으로 옮겨 온 것이니, 아마 경제학 쪽에서는 발전이라고 하겠지만, 존재론 쪽에서는 '마른 목소리'가 '편한 숨소리'로 바뀐 것이라고 말할 것이다. 그리고 토끼처럼 누웠던 아내가 다리 뻗고 잠을 이루는 과정도 화자가 노래하려던 존재론적 착근의 한 속성일 것이다.

이렇게 홍사성 시인은 "세상은 나 혼자라는 생각"(「사소한, 뒤끝이 남는」)이 문득문득 들다가도, 그리고 빈번히 "혼자 쓸쓸하게 빈집으로 돌아가"(「헛마중」)다가도, "있는 듯 없는 듯해 돌아보면／어느새 세상 잔소리란 잔소리 다 긁어모아／찬 아궁이에 불 지피는"(「발열 내의」) 가족들에 대한 헌사를 잊지 않는다. 만약 이번 시집에 장년에 이른 한 늦깎이가 노래하는 성장 서사의 측면이 들어 있다면, 그 바탕에는 바로 가족들을 향한, 가족들을 통한 '슬픔'의 서사가 녹아 있을 것이다. 그리고 그 슬픔의 주인공들은 점점 확장되면서 이웃으로, 모든 존재자들로 발을 옮겨 간다. 이 또한 홍사성 시학의 확장된 음역音域을 증언해주는 사례일 것이다. 그 슬픔의 서사를 농축하고 있는 다음 시편을 읽어보자.

지상으로 떨어지는 것들에는
하늘이 감당하지 못할 무게가 있다
한 방울의 비
한 송이의 눈
한 장의 꽃잎

한 티끌의 재

한 올의 새털……

이 모든 가벼운 것들은

그 무게로 하여 지상으로 낙하한다

문밖으로 내쳐진 사람들에게는

대지가 감당하지 못할 무게가 있다

파양당한 고아

농성 중인 수배자

어려서부터 몸 팔아온 창녀

쌀가마에 불 지른 농사꾼

지하철역 노숙자……

이 모든 거리의 목숨들은

그 무게로 하여 세상을 침묵시킨다

─「슬픔의 무게」 전문

  슬픔의 주인공은 "지상으로 떨어지는" 모든 것이다. "하늘
이 감당하지 못할 무게"를 지는 그것들은, "한 방울의 비／한
송이의 눈／한 장의 꽃잎／한 티끌의 재／한 올의 새털……"로
끝없이 환유의 층을 쌓아간다. 하지만 이들은 곧 "모든 가벼
운 것들" 곧 무게가 없는 것들이다. 그러나 바로 그 가벼운 무

게로 하여 "지상으로 낙하"하는 힘을 얻는 것들이기도 하다. 이렇게 가볍게 낙하하는 것들의 은유는 "문밖으로 내쳐진 사람들"로 이어지고, 종내에는 앞 시편의 직장에서 내몰린 사내처럼 "파양당한 고아/농성 중인 수배자/어려서부터 몸 팔아온 창녀/쌀가마에 불 지른 농사꾼/지하철역 노숙자……" 등 "대지가 감당하지 못할 무게"를 지닌 채 살아가는 이들로 현저하게 옮겨 간다. 이 "거리의 목숨들"은 한결같이 "그 무게로 하여 세상을 침묵"시키면서 자신의 존재 방식을 드러내는 존재자들이다.

이처럼 홍사성 시인은 "소멸해갈 것에 대한 두려움에 후들거리며/엉거주춤 엉덩이 빼고 출렁다리 건너가기"(「나는 번지점프를 하러 간다」)를 반복하는 자화상을 숨김없이 그리다가도, "이 세상 살아가는 목숨치고/슬픔 없는 짐승 아무도"(「바람의 말씀」) 없다는 강렬한 연민과 그들에 대한 깊은 공감의 시학을 지속적으로 개척해간다. 그의 시편에 때로는 눅눅한 눈물 자국이 얼비치는 까닭이 바로 여기에 있다.

3

이렇게 뭇 타자들의 삶을 시편 안쪽으로 정성스레 끌어들인 홍사성 시인은, 이제는 온갖 자연 사물에 깊이 침잠함으로

써 근원적 생의 이법理法을 찾아가는 정통적 서정시의 작법을 보여주는 데로 나아간다. 아마도 자연 사물만 한 깨달음의 매개가 없기도 하겠거니와, 그만큼 그의 시학이 겨누는 최종 과녁은 근원적인 혹은 원형적인 삶의 이법이기 때문일 것이다. 다음 시편을 눈여겨보자.

기승을 부리던 노염老炎도
한풀 꺾였다

여름내 날뛰던 모기는
턱이 빠졌다

흰 구름 끊어진 곳마다
높아진 푸른 산

먼 길 나그네
또 한 굽이 넘어간다
　　　　　－「처서處暑」 전문

홍사성 시학의 대위법對位法은 여기서도 '노염/푸른 산'의 이항대립을 가져온다. 그런가 하면 '꺾이고 빠지는' 것들과

'높아지고 넘어가는' 것들의 동선動線도 그 대립을 강화한다. 비록 처서 무렵의 단아한 풍경을 그린 아담한 화폭이지만, 그 안에는 여전히 근원적인 삶의 이법이 역동적으로 숨을 쉬고 있다. '처서處暑'라는 이름만큼 곧 신선한 가을바람이 불어올 듯한 순리를 내장한 이 시편은, "먼 길 나그네"가 넘어가는 "또 한 굽이" 다음에 기다리고 있을 추운 겨울까지 암시한다. 그러니 우리는 시인이 "이 나이 되도록 말귀 하나 못 알아듣다니／멀다, 한참 멀다"(「낙처落處」)라고 자겸自謙을 보인다 해도, 그가 "이 세상 사라진다 해도／마지막까지 푸르게 빛나고 있을"(「그녀의 별」) 어떤 이치를 품어 안은 채 걸어가고 있음을 어렵지 않게 알게 된다.

홍사성 시인은 이렇게 '슬픔'의 이법을 온몸으로 받아들이면서, 편재적遍在的으로 찾아오는 존재론적 결핍을 강렬한 '사랑'과 '그리움'의 힘으로 넘어서려 한다. "누군들 지나간 날의 쓸쓸함에 대해 절망하지 않으랴"(「첫사랑과 순댓국과 뭉게구름」)라고 말하면서도, 결국 "화려한 봄날도／사랑하기에는／너무／짧다"(「낙화」)는 생각도 가지고 있으니까 말이다. 그 사랑과 그리움의 힘을 드러내고자, 이제 '처서'를 훌쩍 지나 '폭설'의 계절이 찾아왔다.

눈이 내려,

며칠째 펑펑 내려
산과 들 무릎까지 쌓였다

길이 막혀,
사방이 하얗게 막혀
너에게로 갈 수 없다

그곳까지는
얼마나 될까, 마음 전하려면
어떻게 해야 할까

노루 토끼 발 묶인 산속
겨울밤
나뭇가지들 부러지는 소리 요란한데
－「폭설」전문

며칠째 큰눈이 내려 산과 들과 무릎까지 쌓인 한겨울은
"사방이 하얗게 막혀" 있는 풍경을 이루고 있다. 그 '하얗게
막힘' 때문에 '너'에게로 가는 길이 묶였겠지만, 화자는 "그
곳까지는/얼마나 될까, 마음 전하려면/어떻게 해야 할까"라
면서 마치 발을 동동 구르는 소년처럼 '너'를 향한 가없는 사

랑과 그리움을 토로한다. 노루 토끼마저 발이 묶인 깊은 산속에서 겨울밤 내내 그렇게 '너'를 그리워한 시간에, 화자는 후두둑 요란하게 "나뭇가지들 부러지는 소리"를 듣는다. 아마도 폭설의 무게 때문에 부러졌을 그 나뭇가지는 한편으로는 "휘어져 비굴하게 사느니 / 서서 죽겠다는 / 저 / 결기"(「설해목 雪害木」)를 가졌으면서도 다른 한편으로는 사랑하는 사람에게 가닿아야 할 따듯한 마음을 품고 있기도 했던 것이다.

홍사성 시인은 이처럼 "사방이 고요하고 별이 총총한데 / 너는 어느 별에서도 반짝이지 않는다"(「달맞이꽃」)는 안타까움과 회한의 나락에서도, 마치 "겨우내 추위를 견뎌낸 고로쇠나무가 입이 부르트도록 빨아올린 수액"(「고로쇠 물」)처럼 맑고 투명하고 애잔한 사랑의 노래를 처연하고도 아름답게 부른다. 다시 강조하지만, 이는 '가족'과 '이웃'을 향한 시인의 사랑이 뭇 사물들로 확장된 결실이라 할 것이다.

4

앞에서 우리는 홍사성 시편들이 불교적 사유를 핵심적인 기저로 삼으면서, 가장 구체적으로는 자연과 가족과 이웃에 대한 가없는 사랑에 젖줄을 대고 있다고 말한 바 있다. 아닌 게 아니라 시인은 "나를 살펴준 눈길은 / 나를 길러준 손길은 /

길가에 구르는 돌멩이 / 그 곁에 핀 이름 없는 풀꽃 / 똥 묻은 마른 막대기까지"(「병후病後」)라고 고백함으로써, 만유萬有가 곧 자신의 식솔이자 근친이라고 명명한다. 그러니 당연히 시인은 그들을 "오래도록 안고 싶다 / 찬 돌에 온기 돌 때까지"(「해수관음에게」)라고 말하는 게 아닌가. 다음 풍경은, 이러한 사랑과 그리움의 힘이 구체적 '항아리'를 통해 번져가는 장면을 잘 보여준다.

시골집 장독간 한켠
별로 아름다울 것 없는, 무늬 없는
속 빈 간장 항아리

누구 하나 쳐다보지 않아도
말 한마디 붙이지 않아도
겨울 가면 가는 대로 봄 가면 가는 대로

된장 항아리, 고추장 항아리 틈에 끼어
울 너머 노란 개나리
무연히 바라본다

가랑잎 따라 떠나 돌아오지 않는

그 사람 기다리다
속은 삭고 껍데기만 남은
쓸쓸함마저 비워버린 이모처럼
─「빈 항아리」전문

　시골집 장독간 한켠에 아름다울 것도 없고 무늬도 없는
"속 빈 간장 항아리"가 놓여 있다. 속이 비었으니 항아리는
용도를 잃었거나 아니면 속을 비운 채 방치되어 있는 중일 것
이다. 그래서 이 항아리는, 누구 하나 쳐다보지 않고 말 한마
디 붙이지 않는 존재로 묘사된다. 하지만 다른 항아리들 틈에
끼어서라도 그 항아리는 "울 너머 노란 개나리"를 무연히 바
라보고 있다. 이러한 모습이 화자의 기억에 의해, 떠난 사람
잊지 못한 채 기다리다 "속은 삭고 껍데기만 남은/쓸쓸함마
저 비워버린 이모"에 비유되고 있다.
　여기서 항아리가 바라보는 '노란 개나리'는, 봄처럼 다가
올 듯하지만 여전히 돌아오지 않을 이모의 '그 사람'을 감각
적으로 환기한다. 그렇게 빈 항아리처럼 살아온 '이모'는,
"눈길마저 아물거리는 곳에/반짝이는/별/하나 // 나, 여기 있
다고/밤새/널 보고 있었다고"(「어머니」) 말씀하시던 '어머
니'의 동생쯤 될 것인가. 홍사성 시인은 '이모'의 기다림과
그리움과 쓸쓸한 '텅 빔'의 시간을 항아리의 그것으로 은유

하면서, 다른 한편으로는 "건드리기만 하면 어느새 살아나/온 산천 헤매다 돌아와 가슴 울리고 사라지는/먹먹한, 그 종소리"(「종소리, 그 긴 먹먹함」)를 통해 부재와 결핍을 충일한 이미지로 바꾸어내는 상상력을 또한 보여준다. 결국 '결핍/충일'의 이항대립이 무너지고 '항아리'와 '어머니'와 '종소리' 안에서 그것들은 스스럼없이 통합된다. 그 충일한 풍경의 한 컷!

불광동 언덕배기 한림교회 앞마당 열다섯 살짜리 자목련이 꽃망울 터뜨렸다 꽃보다 더 꽃이었을 옆집 할머니 나무 밑에 옮겨 앉아 넋 놓고 꽃구경한다 예술대학 사진과 다니는 손녀가 작품이라며 찰칵찰칵 셔터를 눌러댄다
　　　　　　　　　　　　　　　　　　　　—「봄날」 전문

이 작품에도 '불광佛光/교회', '할머니/손녀', '풍경/사진寫眞'이라는 여러 반대편의 것들이 한꺼번에 녹아 있다. 그것들이 어울려 봄날의 아름다운 속성을 구현한다. 언덕배기 교회 앞마당에 피어 있는 "열다섯 살짜리 자목련"은 "예술대학 사진과 다니는 손녀"와 의미론적으로나 외연적으로나 등가를 이루고 있다. 그렇게 꽃망울이 터뜨려지고 아름다운 젊은 이가 어우러진 풍경 사이로 화자는 "꽃보다 더 꽃이었을 옆

집 할머니"의 시간을 생각한다. 그 할머니가, 이 눈부신 봄날, 나무 밑에 앉아 넋 놓고 꽃구경을 하고 계신다. 마치 자신의 시간을 바라보는 것처럼 말이다. 그때 손녀가 자신의 '작품' 이라면서 사진을 찍는데, 이때 '작품作品'이란 인위적으로 창작된 예술품을 이름하는 것이겠지만, 화자는 넌지시 이 봄날의 풍경 자체가 사진으로는 담을 수 없는 '작품'임을 침묵으로 말한다. 이렇게 시종일관 홍사성 시편은 명료한 분별지에 의해 대립성을 갖추었던 사물이나 관념들을 안아들여 불일불이不一不二의 세계를 구축하는 데 바쳐지고 있다.

그렇게 아름다운 봄날, 그의 첫 시집이 나온다. 그의 시편들은 첫 시집답게 자신이 살아온 삶의 무게를 진중하게 담아내면서도 거기서 근원적인 삶의 깨달음과 그리움의 서정을 풀어 보여주었다. "넥타이 풀고, 느슨한 차림으로 나서는 아침이 더 행복"(「넥타이를 풀고」)하다는 시인이 일구어갈 다음 시집들은, 이번 시집에 얹힌 깨달음과 사랑의 힘을 더 깊이 예각화하면서 완성되어갈 것이다.

우리는 그의 첫 시집을 통해 나무의 "새순"에서 시작하여, "열다섯 살짜리 자목련"을 지나, "무금선원 뜰 앞 늙은 느티나무"에 이르는 오랜 시간을 경험한다. 그리고 그 시간을 관통하는 근원적이고 아름다운 삶의 이법을 듣는다. 이를 통해

126

우리도 본래의 청정심을 회복하는 무념무상의 정심靜心으로 들어가게 된다. 이제 그 아름다운 봄날도 간다. 그리고 우리는 가는 봄날에 맞추어 출간되는 그의 첫 시집을, 이렇게 기꺼이 축하하는 것이다.